RÈGLEMENT GÉNÉRAL

POUR LE CAS D'INCENDIE

DANS L'ARSENAL ET EN VILLE.

———

RÈGLEMENT GÉNÉRAL

POUR LE CAS D'INCENDIE

DANS L'ARSENAL ET EN VILLE.

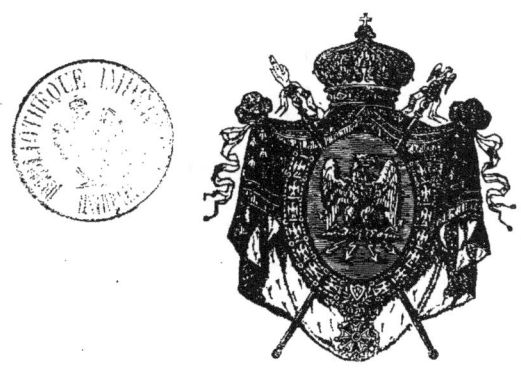

TOULON,

IMPRIMERIE ET LITHOGRAPHIE D'E. AUREL, RUE DE L'ARSENAL, 13.

—

1860.

INCENDIE.

TITRE PREMIER.

INCENDIE DANS L'ARSENAL

(Arsenal principal et Castigneau).

RÈGLEMENT GÉNÉRAL
POUR LE CAS D'INCENDIE
DANS L'ARSENAL ET EN VILLE.

TITRE PREMIER.

INCENDIE DANS L'ARSENAL
(Arsenal principal et Castigneau).

CHAPITRE PREMIER.
DISPOSITIONS PERMANENTES.

Personnel.

ARTICLE PREMIER.

Le 1er de chaque mois et pour la durée de ce mois, le major général désigne les officiers destinés à prendre, en cas d'incendie, le commandement des postes ci-dessous :

Officiers chargés de prendre le commandement des postes de l'Arsenal.

Porte de l'Arsenal	1 capitaine de vaisseau.
Porte nord de Castigneau.	1 capitaine de frégate.
Bagne.	1 capitaine de frégate.
Chaîne-neuve.	1 lieutenant de vaisseau.
Chaîne de Castigneau	1 lieutenant de vaisseau.
Vaisseau-amiral.	1 lieutenant de vaisseau.
Pont-tournant.	1 lieutenant de vaisseau.
Coupure d'artillerie	1 lieutenant de vaisseau.
Porte ouest de Castigneau	1 lieutenant de vaisseau.

Pendant la durée de ce service et jusqu'à ce qu'ils soient remplacés, ces officiers sont tenus de ne pas passer la nuit hors la ville, ni de s'en éloigner pendant le jour.

2. Au signal d'alarme, ou dès qu'ils sont prévenus d'un incendie dans les arsenaux, ils se rendent à leurs postes qu'ils ne quittent que sur l'ordre du major-général et lorsque l'incendie est éteint.

Art. 2.

Pompiers de garde nuit et jour.

Un certain nombre de pompiers veillent, nuit et jour, dans les postes qui leur sont affectés ; ils sont ainsi répartis dans l'intérieur de l'arsenal principal et de Castigneau, et au petit rang :

	Sergents.	Caporaux.	Pompiers.
Grand dépôt	»	1	2
Mange-garry	»	»	2
Bagne.	»	»	2
Coupure de l'artillerie . .	»	»	2
Subsistances	1	1	7
Boulangerie	»	»	2
Petit rang	»	»	2
Total.	1	2	19

Matériel.

Art. 3.

Dépôt des pompes.
Bateaux-pompes et outils.

Il est établi, aux endroits ci-dessous désignés, des dépôts de pompes, de bateaux-pompes et d'outils.

	Pompes.	Bateaux-pompes.	Outils.
Grand dépôt	16	2	1
Mange-garry	1	3	1
Petit rang	1	1	»
Bagne.	2	»	1
Coupure de l'artillerie . .	1	2	1
Subsistances	3	2	1
Boulangerie	1	1	»
Total.	25	11	5

Outre les dépôts d'outils indiqués ci-dessus, il existe un dépôt de réserve au magasin général, dans la salle des ustensiles.

Art. 4.

D'un coup de canon à l'autre, un canot de la majorité est tenu disponible à la Patache pour l'avis à porter, en cas d'incendie, au quartier des équipages de la flotte et de là à la caserne de l'infanterie de marine.

Canot de la majorité à la patache.

Convention de Signaux.

Art. 5.

1. Le signal général d'alarme, de jour et de nuit, est donné par le canon de l'amiral du port et par la cloche de l'arsenal sonnée en branle.

Signal général d'alarme.

2. L'amiral du port tire deux coups de canon, coup sur coup, et les fait suivre, cinq minutes après, de deux autres coups tirés de la même façon.

3. Le chef du poste de l'amiral ne fait faire ce signal que sur l'ordre du Préfet maritime ou du major général, ou sur la réquisition de l'officier qui dirige les travaux d'incendie.

4. L'amiral du port est toujours prêt à faire le signal d'alarme.

5. Aux coups de canon de l'amiral ou sur la réquisition de l'officier qui dirige les travaux d'incendie, avant que ces coups de canon se fassent entendre, la cloche de l'arsenal est mise en branle ; les divers gardiens de service mettent également en branle toutes les cloches qui sont à leur disposition, jusqu'à ce que la première ait cessé de sonner ; ce qui a lieu sur l'ordre du Préfet.

Art. 6.

1. Indépendamment du signal général d'alarme, qui est de jour et de nuit, un signal particulier de nuit appelle au besoin les secours de la rade.

Appel des secours de la rade la nuit.

Ce signal consiste en deux feux séparés par une distance de 3 mètres et hissés à la cheminée de la coquerie de Castigneau, et en deux feux de Bengale brûlés, à court intervalle, sur le parapet du bastion A, situé auprès de la chaîne de Castigneau, de manière à être bien aperçus de la rade.

2. Le signal de nuit pour appeler les secours de la rade ne se fait que sur l'ordre du Préfet maritime ou du major-général, ou sur la réquisition de l'officier qui dirige les travaux d'incendie. L'exécution de ce signal est placée

2

sous la responsabilité du chef du poste de la chaîne de Castigneau. En prenant possession de ce poste, il s'assure toujours qu'il est en mesure de faire ce signal. Quand il reçoit l'ordre de le faire, il doit prévenir le gardien de la chaîne.

3. Le signal général d'alarme et le signal d'appel des secours de la rade la nuit, sont inscrits sur la feuille bi-mensuelle des mots d'ordre transmise au commandant de la rade et au commandant en chef de l'escadre.

ART. 7.

Signal indiquant la fin de l'incendie.

1. Lorsque l'incendie est éteint, le vaisseau-amiral le signale ; si c'est pendant la nuit, par deux feux en tête de mât ; si c'est pendant le jour, par le pavillon rouge en tête de mât.

2. Ce signal se fait lorsque la retraite est battue.

CHAPITRE II.

Dispositions au moment de l'Incendie.

ART. 8.

Devoir de toute personne qui aperçoit un incendie.

Toute personne qui aperçoit un incendie, doit avertir la sentinelle la plus voisine et le poste de pompiers le plus rapproché.

ART. 9.

Sentinelles.

La sentinelle qui la première aperçoit un incendie ou qui en est avertie, donne l'alarme en criant : « *Au feu!* » Ce cri est répété de sentinelle en sentinelle jusqu'au poste le plus voisin.

ART. 10.

Chef de poste qui a le premier connaissance du feu.

1. Le chef de poste qui a le premier connaissance du feu, envoie sur le champ trois ordonnances prévenir, en désignant le lieu de l'incendie,
1° l'officier de service à la direction des mouvements du port et le grand dépôt des pompes ;
2° L'officier chef de poste à la porte de l'arsenal.
3° Les deux postes de pompiers ainsi que les deux postes militaires les plus voisins.

2. Il fait prendre les armes à sa garde dont il expédie le tiers sur le lieu de l'incendie. Ce détachement servira à maintenir l'ordre ou à agir pour éteindre ıe feu ; auquel cas il déposerait ses armes en faisceaux.

Art. 11.

Dès qu'il est prévenu, l'officier de service de la direction du port fait avertir immédiatement le directeur des mouvements du port, le capitaine des pompiers et tous les bâtiments dans le port; si c'est pendant les heures de travail, il fait également prévenir le bureau central de chaque direction. Le grand dépôt prévient tous les postes de pompiers.

Officier de service à la direction des mouvements du port et grand dépôt des pompes.

Art. 12.

Dès que le chef du poste de la porte de l'arsenal a connaissance de l'incendie, il expédie deux ordonnances.

Chef du poste de la porte de l'arsenal.

La première, au Préfet maritime, cette ordonnance prévient en passant le concierge de la majorité;

Elle prévient ensuite,

1° La caserne de la gendarmerie maritime qui prévient son commandant;

2° La caserne des ouvriers d'artillerie qui avertit son capitaine;

3° Le capitaine de vaisseau d'incendie;

4° Le général commandant la subdivision et le commandant de la place.

La deuxième, après avoir reçu du chef de poste les mots de la marine et ceux des postes extérieurs, prévient :

Le poste de la patache et s'embarque dans le canot disposé à cet effet. Elle se rend par mer au quartier des Équipages de la Flotte, de là à la caserne de l'infanterie de marine en passant par le Mourillon; de là par terre à la caserne de l'artillerie de marine. L'infanterie et l'artillerie préviennent les chefs de corps; l'infanterie prévient en outre la brigade de gendarmerie maritime casernée au Mourillon.

Art. 13.

Aussitôt qu'il est prévenu, le concierge de la Majorité dépêchera le ou les plantons de garde :

Concierge et plantons de la majorité.

1° Au major général;

2° Au major et aux autres officiers de la Majorité;

3° Au commandant de la Division;

4° A tous les chefs de service ;

5° Aux capitaines de frégates et lieutenants de vaisseau d'incendie.

ART. 14.

Devoir des chefs de service dès qu'ils sont prévenus. Le devoir des chefs de service dès qu'ils sont prévenus, est de faire avertir ceux des officiers ou employés sous leurs ordres dont ils jugent la présence nécessaire sur le lieu de l'incendie.

ART. 15.

Chefs de postes dans l'arsenal. 1. Dès que les postes les plus rapprochés de l'incendie sont prévenus, ils font avertir le poste voisin, et de proche en proche tous les postes sont avertis ; on prend aussitôt les armes.

2. Le chef du poste du Bagne fait avertir l'adjudant de service des chiourmes

3. Le poste de la porte ouest de Castigneau envoie prévenir les adjudants des chiourmes à bord des Bagnes flottants 3 et 4.

4. Les chefs des postes de la porte principale de l'arsenal et de la porte nord de Castigneau envoient aux sentinelles, placées sur la route la plus directe qui conduit des deux portes au lieu de l'incendie, l'ordre de ne point exiger le mot de ralliement des personnes qui se rendent au feu. Les mots ne sont exigibles qu'en dehors de cette voie, pendant tout le temps de l'incendie.

5 Les mêmes chefs de poste font ranger leur garde comme pour l'entrée et la sortie des ouvriers.

6. Toutes les issues de terre sont fermées et surveillées. La porte principale de l'Arsenal et la porte nord de Castigneau s'ouvrent seulement pour laisser entrer 1° les officiers militaires et civils et tous les fonctionnaires en uniforme; 2° Les secours des corps organisés conduits par leurs chefs; 3° Les pompiers ; 4° S'ils sont dehors, les gabiers du port et le personnel ouvrier des directions munis de marrons spéciaux d'incendie. Si par suite d'oubli, certains hommes ne pouvaient présenter leurs marrons, les chefs des postes les introduiraient après les avoir fait reconnaître par les gardiens ou gendarmes préposés aux portes; 5° Les détachements d'ouvriers stationnés au dehors à mesure qu'ils sont requis.

7. Les issues de mer, si les gardiens s'y trouvent, s'ouvrent pour laisser pénétrer les secours de la rade.

8. Dans le cas où le signal d'alarme est fait pendant l'heure du dîner, dans la saison où les ouvriers sortent de l'Arsenal pour prendre ce repas, les portes sont immédiatement ouvertes pour laisser entrer tous les ouvriers comme à la reprise du travail. Les gardiens exercent la plus grande vigi-

lance pour ne laisser entrer aucune personne étrangère au service de l'Arsenal. Aussitôt que les ouvriers sont entrés les portes sont fermées comme il est dit ci-dessus

Art. 16.

1. Le poste de la Patache prend aussi les armes.

Poste de la patache.

2. Les patrons du Préfet maritime et du major général arment avec leurs canotiers un canot du Préfet, un canot de la Majorité. Ils entrent dans l'Arsenal et viennent se placer dans le canal de la Direction du port en face de la Fontaine. Si c'est la nuit, ils reçoivent les mots du chef de poste de la Patache et vont passer par la chaîne de Castigneau.

Canotiers du préfet maritime et du major-général.

Art. 17.

Si l'incendie éclate pendant la nuit, les gardiens des issues qui couchent dans l'Arsenal sont prévenus par les chefs des postes de ces issues et exercent une active surveillance. Ceux qui n'y couchent pas, dès qu'ils sont prévenus ou qu'ils entendent le signal d'alarme, se rendent aux postes qu'ils occupaient la veille.

Gardiens.

Art. 18.

Les bâtiments dans le port dès qu'ils ont connaissance de l'incendie, envoient un planton en ville prévenir leur commandant et leurs officiers, s'ils ne sont à bord. La nuit, ce planton est muni d'une permission et se fait reconnaître du chef de poste le plus voisin qui lui donne le mot de ralliement pour aller jusqu'à la porte par laquelle il doit sortir.

Bâtiments dans le port.

Art. 19.

Dès que le chef de poste des pompiers de la Boulangerie a connaissance d'un incendie, il avertit le contre-maître de la Boulangerie qui a pour mission d'envoyer en ville avertir les agents des subsistances.

Chef du poste des pompiers de la boulangerie.

Art. 20.

Tous les avertissements doivent être donnés et transmis le plus rapidement possible, les ordonnances ou plantons les portent au pas de course.

Célérité de transmission d'ordres.

CHAPITRE III.

Direction des Travaux sur le lieu de l'Incendie.

Art. 21.

Chef de service dont l'établissement est atteint par le feu.

Pendant les heures de travail, quel que soit dans l'enceinte de l'arsenal le point, soit à terre, soit à bord, où se déclare l'incendie, le chef de service duquel dépend le point atteint, ou le représentant de ce chef le plus élevé en grade présent sur le lieu, prend la direction des premiers travaux pour combattre l'incendie, jusqu'à l'arrivée du capitaine de la compagnie des pompiers ou du directeur des mouvements du port, auquel il la remet en lui donnant tous les renseignements nécessaires.

Art. 22.

Officier de service à la direction des mouvements du port. Capitaine des pompiers.

Pendant le jour en dehors des heures de travail, les dimanches, jours fériés et pendant la nuit, quel que soit le point, soit à terre, soit à bord, où se déclare l'incendie, la direction des premiers travaux appartient à l'officier de service de la direction des mouvements du port, en attendant le capitaine de la compagnie des pompiers. Ce dernier, dans ce cas, comme dans le cas précédent, prend la direction des travaux et la conserve jusqu'à l'arrivée du directeur des mouvements du Port.

Art. 23.

Directeur des mouvements du port.

A partir de ce moment, dans toutes les circonstances, le directeur des mouvements du port, sous l'autorité du Préfet maritime, ou celle du major-général, si le Préfet n'est pas sur les lieux, dirige tous les travaux pour combattre l'incendie. Chacun est tenu d'obtempérer aux ordres qu'il donne. Les demandes de secours au major-général sont adressées par le Préfet maritime ou en son nom.

Art. 24.

Chef de service dont l'établissement brûle.

Le chef de service dont l'établissement ou le bâtiment est atteint, tant que dure l'incendie, doit ses conseils et son concours au directeur des mouvements du port.

Art. 25.

Officiers militaires et civils sur le lieu de l'incendie.

1. Les officiers militaires et civils de chaque service veillent à ce que le silence et le calme soient strictement observés et maintenus durant l'incen-

die, afin que les ordres soient clairement entendus, parfaitement compris et qu'ils soient exécutés avec promptitude et ensemble.

2. Personne ne doit donner des ordres, à moins que la position que le présent règlement lui assigne ne l'y autorise.

Art. 26.

1. Le directeur des mouvements du port et le capitaine de la compagnie des pompiers, qui, aux termes du présent réglement, sont chargés de diriger les travaux d'incendie, doivent avoir une connaissance exacte de toutes les localités de l'arsenal et trouver dans tous les services toutes les facilités pour arriver à ce résultat.

Le directeur des mouvements du port et le capitaine des pompiers doivent avoir une connaissance exacte de tous les lieux dans l'arsenal, ainsi que les pompiers.

2. Les pompiers dans l'exercice de leurs fonctions de garde-feux doivent aussi se familiariser le plus possible avec une bonne connaissance des lieux.

CHAPITRE IV.

Secours immédiats.

Art. 27.

Pendant les heures de travail, les premiers secours sont portés par les ouvriers, les marins, les journaliers ou tous autres , employés sur le lieu de l'incendie ou autour de ce lieu.

Ouvriers , marins , journaliers, etc , se trouvant sur le lieu de l'incendie au moment où le feu se déclare.

Art. 28.

Les pompiers des postes voisins accourent avec leurs pompes ne laissant qu'un homme à la garde du poste, jusqu'à ce que sa présence n'y soit plus nécessaire : auquel cas, il rallie l'incendie. Les pompiers du grand dépôt et de tous les autres postes en font autant à mesure qu'ils sont prévenus.

Pompiers.

Art. 29.

Dès qu'elles sont averties, la direction des mouvements du port et la direction des constructions navales expédient immédiatement au feu la 1re les gabiers de port et la 2e 200 charpentiers qui sont désignés pour ce service.

Directions des mouvements du port et des constructions navales.

Art. 30.

1. Pendant la nuit, pendant le jour en dehors des heures de travail, les dimanches et jours fériés, l'officier de service à la direction des mouvements du port réunit immédiatement l'escouade de gabiers de garde et se rend avec des pompes tirées du grand dépôt sur le lieu de l'incendie.

Officier de service à la direction des mouvements du port.

2. Il envoie quérir au recueille sur sa route la moitié des équipages des bâtiments présents dans le port.

3. Les pompiers agissent dans ce cas comme il vient d'être dit précédemment, article 28.

4. Avec ces moyens l'officier de la direction des mouvements du port, tâche de se rendre maître du feu en attendant d'autres secours.

5. S'il le juge nécessaire il envoie requérir le chef du poste de la chaîne de Castigneau de faire le signal d'appel des secours de la rade.

6. Si, l'incendie ayant pris tout à coup des développements considérables, il devient urgent de réunir sans délai les secours les plus énergiques, il donne l'ordre de sonner en branle la cloche du port et requiert le chef du poste de l'amiral de tirer les coups de canon d'alarme ; mais si la circonstance ne parait pas comporter cette mesure extrême, il attend les ordres du Préfet maritime ou du major général.

Art. 31.

Signal d'alarme. 1. Jusqu'à l'arrivée sur le lieu de l'incendie, de l'une ou de l'autre de ces deux autorités, le signal d'alarme, pendant le jour comme pendant la nuit, est dans les mains de celui qui dirige les travaux contre l'incendie.

2. Le signal d'alarme prévient tout le monde ; ceux qui l'entendent se tiennent pour avertis, et chacun se conforme, en ce qui le concerne, aux prescriptions du présent règlement.

CHAPITRE V.

Secours intérieurs.

1° CORPS ORGANISÉS.

Art. 32.

Bâtiments dans le port. 1. Si l'incendie se déclare pendant les heures de travail, les bâtiments dans le port, dès qu'ils sont prévenus ou au signal d'alarme, préparent leurs secours en hommes et pompes et attendent des ordres. Ils font marcher les secours, si le point menacé est tout à-fait dans leur voisinage.

2. Si c'est pendant la nuit, pendant le jour, en dehors des heures de travail, les dimanches et jours fériés, dès qu'ils sont prévenus ou au signal

d'alarme, ils envoient immédiatement la moitié de leur monde sous la conduite d'officiers ou de sous-officiers aux ordres de la direction des mouvements du port sur la place de l'Horloge.

2° CORPS NON ORGANISÉS

Art. 33.

Si le signal d'alarme est fait pendant les heures de travail, les pompiers garde-feux éteignent les feux et lumières à la garde desquels ils sont préposés et se rendent en toute hâte au grand dépôt, d'où ils sont dirigés sur le lieu de l'incendie.

Pompiers.

Art. 34.

1. Pendant les heures de travail, dès que les directions sont prévenues ou au signal d'alarme, les ouvriers qui ne se trouvent pas sur le lieu même de l'incendie ou autour de ce lieu se rangent tous dans leurs ateliers où ils se tiennent avec leurs maîtres et contre-maîtres à la disposition des officiers qui viendraient les requérir.

Maîtres, contre-maîtres et ouvriers de toutes les directions.

2. Si le signal d'alarme est fait pendant l'heure du dîner, dans la saison où les ouvriers sortent de l'arsenal pour prendre ce repas, les portes de l'arsenal sont ouvertes, et le personnel ouvrier se rend en ordre et en silence dans ses ateliers, où il attend comme il est dit au paragraphe 1.

Art. 35.

Les secours intérieurs peuvent être requis directement par l'officier qui dirige les travaux contre l'incendie.

Disposition commune aux corps organisés et non organisés.

CHAPITRE VI.

Secours extérieurs.

1° CORPS ORGANISÉS.
Art. 36.

1. Au signal d'alarme ou d'appel de secours, ou dès qu'il aperçoit l'incendie, le commandant de la rade signale aux bâtiments sous ses ordres d'envoyer dans le port leurs pompes à incendie, seaux etc., ainsi que tous les secours en hommes et en embarcations dont ils peuvent disposer

Rade.

2. Les navires sur rade qui aperçoivent le signal fait à Castigneau, ou l'in-

3

cendie, avant de voir le signal du commandant de la rade, s'empressent d'envoyer leurs secours à terre; avis est donné au commandant de la rade. Le chef de corvée muni des mots d'ordre et de ralliement du port, se dirige vers la chaîne de Castigneau.

3. Le chef de poste de cette chaîne admet les canots qui se présentent, les renseigne s'il le peut, si non il les dirige sur le canal de la direction des mouvements du port pour y prendre les ordres du major général.

ART. 37.

Compagnie d'ouvriers d'artillerie.

Au signal d'alarme, ou dès qu'il est prévenu, le commandant de cette compagnie amène immédiatement ses hommes sans armes et en tenue de travail sur le lieu de l'incendie.

ART. 38.

Artillerie de marine.

1. Le chef de corps, dès qu'il est prévenu, envoie sur le champ, dans l'arsenal un 1er secours composé du nombre de canonniers armés nécessaire pour le service des pièces placées en batterie autour du bagne, et de 100 hommes en travailleurs qui se rendent sur le lieu de l'incendie.

2. Le reste de la troupe, sauf la garde de la caserne, est partagé en deux détachements égaux, l'un armé, avec un paquet de cartouches, l'autre sans armes et en travailleurs. Ces deux détachements forment la réserve; ils ne se mettent en marche qu'au signal d'alarme ou sur un ordre du Préfet ou du major général, et alors ils se portent sur la place de l'Horloge.

3. Si l'incendie éclatait du côté des poudrières, le commandant ferait doubler immédiatement les postes qui les gardent; le poste des artifices serait renforcé de 10 hommes avec un sous-officier.

ART. 39.

Division des équipages de la flotte.

1. Le commandant de la division, dès qu'il est prévenu, expédie sur le champ un 1er secours:

1° de 200 hommes en travailleurs, avec 2 pompes. Ce premier secours se porte directement sur le lieu de l'incendie.

2° de 6 embarcations armées à 12 hommes et commandées par des premiers-maîtres ou maîtres. Trois d'entr'elles entrent dans l'arsenal par la chaîne de Castigneau ou de Mange-Garry, si cette dernière est ouverte; elles viennent se ranger dans le canal de la Direction des mouvements du port sous les ordres du major général: deux se dirigent vers Castigneau pour surveiller les bagnes flottants numéros 3 et 4 placés aux ponts à charbons; la dernière va surveiller le bagne flottant numéro 2 au Mourillon.

2. Il prend toutes ses dispositions intérieures conformément au rôle annexé et attend le signal d'alarme ou des ordres ultérieurs pour l'envoi de la réserve.

ART. 40.

1. Le chef de corps, dès qu'il est prévenu, expédie sur le champ :

1° 200 hommes en travailleurs qui se portent directement sur le lieu de l'incendie ;

2° Le nombre d'hommes armés nécessaire pour doubler en soldats et officiers les postes de l'arsenal, de Castigneau et de la patache ; le piquet qui doit renforcer le poste du pont tournant est porté à 20 hommes ;

3° deux détachements de 80 hommes armés qui viennent prendre position, l'un devant la porte principale, l'autre devant la porte nord de Castigneau, pour maintenir l'ordre au dehors. En arrivant à leur poste ces détachements rendent compte au major général ;

4° un piquet de 15 hommes armés, avec cartouches dans la giberne, qui se rend à l'extrémité ouest du quai du canal du Mourillon pour y surveiller le bagne flottant numéro 2.

Infanterie de marine.

2. Le reste des troupes, sauf la garde nécessaire pour la sûreté de la caserne, est divisé en deux détachements égaux, l'un armé avec, un paquet de cartouches dans la giberne, l'autre sans armes et en travailleurs. Ces deux détachements forment la réserve, ils ne se mettent en mouvement qu'au signal d'alarme ou sur l'ordre du Préfet maritime ou du major général, et alors ils se portent sur la place de l'Horloge.

ART. 41.

1. Les secours à fournir par les corps organisés, équipages de la flotte, artillerie et infanterie de marine sont divisés en *premiers secours et réserve.*

2. Le premier secours marche au 1er avis donné, la réserve ne marche que sur l'ordre du Préfet maritime ou du major général. Le 1er secours est porté directement sur le lieu de l'incendie ; la réserve se rend toujours sur la place du pavillon de l'Horloge.

Division des secours organisés en 1res secours et réserve. Leur mise en marche et leur rendez-vous.

3. A mesure qu'ils arrivent sur le lieu de l'incendie, les 1ers secours préviennent le directeur des mouvements du port et envoient prévenir le major général sur la place de l'Horloge.

4. Telle est la règle tant que le signal d'alarme ne se fait pas entendre. Mais, si le signal d'alarme est fait, tout se met en mouvement, tout marche à

la fois, 1er secours et réserve, le 1er secours à l'incendie, la réserve à la place de l'Horloge.

5. Lorsque les réserves sont portées sur le lieu de l'incendie, elles préviennent en y arrivant le directeur des mouvements du port.

ART. 42.

Troupes de la garnison.

1. Des dispositions conformes aux principes généraux posés ci-dessus et concertés avec le général commandant le département, sont observées par le commandant de la Place et par les chefs de corps.

2. Le 1er secours se porte immédiatement sur le lieu de l'incendie ; la réserve ne se met en mouvement que sur un ordre donné par qui de droit, elle se rend sur la place du pavillon de l'Horloge pour recevoir les ordres du major général. Au signal d'alarme tout marche à la fois.

2° CORPS NON ORGANISÉS.

ART. 43.

Pompiers.

Au signal d'alarme, s'ils sont hors de l'arsenal, les pompiers s'y rendent le plus promptement possible : ils sont dirigés par le grand dépôt sur le lieu de l'incendie.

ART. 44.

Personnel ouvrier de toutes les directions. Division en 1er secours et réserve. Mise en marche et rendez-vous.

1. Le 1er secours des corps non organisés se compose des gabiers de port avec leurs chefs (Direction des mouvements du port), de 200 charpentiers avec maîtres et contre-maîtres (Direction des constructions navales).

2. Au signal d'alarme, ou dès qu'il est averti, ce secours se porte sur le lieu de l'incendie.

Chacun des hommes qui le compose est muni d'un marron qui sert à le faire reconnaître aux issues de l'arsenal, et lui permet ainsi de se rendre à son poste quand ces issues sont fermées.

3. La réserve se compose de tout le personnel ouvrier employé par les diverses directions.

4. Si le signal d'alarme est fait pendant la nuit, les jours fériés ou dimanches, la réserve se rend sur le Champ de Bataille, s'y range par ateliers, comme il est expliqué dans le rôle annexe des directions, et attend les officiers qui viennent pour requérir des secours. Là les ouvriers évitent tout tumulte, et s'ils sont appelés dans l'arsenal, il leur est interdit de se séparer des groupes auxquels ils appartiennent et de circuler hors des points où ils sont envoyés, sous peine d'être arrêtés par les patrouilles. Ils doivent en outre observer l'ordre et le silence.

CHAPITRE VII.
Direction des Secours.
ART. 45.

1. Le major général, sous les ordres du préfet maritime, commande tous les secours. C'est lui qui les dirige vers le lieu de l'incendie au fur et à mesure qu'ils entrent dans l'Arsenal. Son quartier général est sur la place de l'Horloge, rendez-vous des réserves des corps organisés, et à proximité de la réserve des corps non-organisés. Aussitôt qu'il y arrive, il fait connaître sa présence au préfet maritime, et dispose tout pour la prompte exécution de ses ordres.

2. Si en entrant dans l'Arsenal, le major général apprend que le préfet n'est pas sur le lieu de l'incendie, il s'y rend lui-même, et se fait représenter sur la place de l'Horloge par un aide-major ; celui-ci au nom du major-général et conformément à ses ordres, expédie les secours vers le lieu de l'incendie à mesure qu'ils arrivent ou qu'ils sont demandés.

3. Le major-général exerce la plus active surveillance sur la garde intérieure de l'Arsenal, et sur celle des portes à l'extérieur. Il maintient l'ordre sur le Champ-de-Bataille, où se trouvent réunis les ouvriers formant la réserve. Il s'assure spécialement des dispositions prises autour des bagnes et prisons. Les chefs de postes lui rendent compte de tout ce qui peut survenir.

Enfin il pourvoit à l'imprévu dans le ressort de son action et en informe sur le champ le préfet maritime.

Major-général.

ART. 46.

Les autres chefs de service se rendent sur le lieu de l'incendie auprès du préfet maritime.

Chefs de service.

ART. 47.

Les chefs de corps, après avoir mis en mouvement les premiers secours et organisé les réserves, se rendent auprès du major-général pour recevoir ses ordres. Ils sont acompagnés d'un officier, d'un premier-maître ou adjudant-sous-officier et de deux ordonnances.

Chefs de corps.

ART. 48.

1. Le Major de la marine et le sous-aide-major de service restent à la Majorité pour la prompte exécution des ordres.

Major,
Aides-majors,
Sous-aides-majors.

2. L'aide-major de service, dès qu'il est prévenu, se porte sur la place de l'Horloge auprès du major-général. Si le major-général juge utile de se transporter sur le lieu d'incendie, il laisse au quartier général sur la place de l'Horloge l'aide-major de service, comme il est dit au paragraphe 2 de l'article 45.

3. L'aide-major et les sous-aides-majors qui ne sont pas de service se rendent au premier avis sur la place de l'Horloge.

ART. 49.

Officiers d'incendie.

Au premier avis d'un incendie ou au signal d'alarme, les officiers désignés pour commander les postes de l'Arsenal se rendent à leurs postes.

ART. 50.

Officiers de vaisseau à terre.
Officiers militaires et civils attachés aux divers services du port.

1. Au premier avis d'un incendie ou au signal d'alarme, les officiers de vaisseau à terre viennent se mettre aux ordres du major-général sur la place de l'Horloge.

2. Les officiers militaires et civils, attachés aux divers services du port, se rendent aux postes que leur assignent les dispositions particulières arrêtées par leurs chefs de service et approuvées par le préfet.

ART. 51.

Officiers des bâtiments dans le port.

Au signal d'alarme ou dès qu'ils sont prévenus, les officiers des bâtiments dans le port se rendent à leur bord, et se tiennent prêts à exécuter les ordres qu'ils recevront.

CHAPITRE VIII.

Surveillance et sûreté pendant l'incendie.

ART. 52.

Gendarmerie maritime.

1. Si l'incendie se déclare pendant les heures de travail, les gendarmes placés aux issues de l'Arsenal restent à leurs postes. Le commandant de la compagnie, aussitôt qu'il est prévenu, se porte sans délai, avec le reste de sa troupe en armes, sur le lieu de l'incendie.

2. Si l'incendie se déclare pendant la nuit, les dimanches ou jours fériés, le commandant fait prendre les armes à toute sa troupe, et se rend dans l'Arsenal. Il détache une brigade à chacune des portes principales (Porte principale, Porte de Castigneau) pour y maintenir l'ordre, et se porte avec

le reste sur le lieu de l'incendie. Mais si le signal d'alarme se fait entendre, il envoie immédiatement deux brigades à la majorité, aux ordres du major de la marine, pour maintenir l'ordre sur le Champ-de-Bataille, où se réunissent les ouvriers.

3. Sur le lieu de l'incendie il fait ranger ses hommes autour des travailleurs. Il s'oppose à ce que les ouvriers et les travailleurs se répandent dans les parties de l'Arsenal non-menacées par le feu.

Dès qu'il a pris position, il détache un officier ou un sous-officier auprès du major-général pour lui rendre compte et prendre ses ordres.

4. Quand l'incendie est éteint, la gendarmerie se forme en patrouilles pour faire des rondes dans toutes les parties de l'Arsenal; pendant la nuit, elle fait évacuer l'Arsenal n'y laissant que les sentinelles et le personnel ordinaire du service de nuit.

5. Quand tout est rentré dans l'ordre, le commandant de la gendarmerie rend compte au major-général et prend ses ordres pour la rentrée des gendarmes.

6. Pendant la nuit, dès qu'elle est prévenue d'un incendie dans l'Arsenal, la brigade casernée au Mourillon prend les armes et se rend aux postes qu'elle occupe le jour.

ART. 53.

Aussitôt que les postes militaires sont doublés, les chefs de postes font placer de nouvelles sentinelles pour assurer une bonne surveillance dans toutes les parties de l'Arsenal, ces sentinelles sont ainsi réparties : *Postes militaires.*

1° Par le poste de la Porte Principale : la première à la Porte Est de la Corderie, la deuxième et la troisième derrière la Corderie, de manière à bien surveiller cette partie de l'enceinte; la quatrième au coin des Petites Forges; la cinquième sur le quai des Grandes Forges; la sixième à la porte Ouest de la Corderie;

2° Par le poste de la Coupure d'Artillerie : la première à l'entrée de la Porte Impériale; la deuxième à la porte du magasin des caisses à eau; la troisième au milieu de la grille de l'Artillerie; la quatrième sur le quai au milieu des Parcs à canons.

3° Par le poste de la Chaîne-Neuve : La première entre le poste et la sentinelle n° 2; la deuxième entre la sentinelle n° 2 et la sentinelle n° 3; la troisième entre la sentinelle n° 3 et la coupure.

4° Par le poste du Bagne : au signal d'incendie, le poste du Bagne place des factionnaires à toutes les issues de manière à ne laisser évader aucun forçat, soit des Bagnes flottants soit des Bagnes à terre.

5° Par le Vaisseau-Amiral : Une au grand rang pour doubler celle qui s'y trouve.

6° Par le pont tournant : La première à la face Est de l'atelier des embarcations ; la deuxième à la face opposée.

7° Par la porte nord de Castigneau : La première entre le poste et la première sentinelle le long du mur ; la deuxième au milieu de la façade des ateliers des machines ; la troisième à l'angle sud de ces ateliers ; la quatrième à la tête du bassin n° 1 ; la cinquième à la tête du bassin n° 3.

8° Par la porte Ouest : La première à l'angle de la Tonnellerie ; la deuxième à l'autre angle de la façade est de ce même bâtiment ; la troisième à l'angle des subsistances où est le mât de pavillon ; la quatrième sur le quai du bassin n° 3, près du poste des pompiers. Ce poste détache en outre, sous les ordres d'un sergent, un piquet de huit hommes qui va prendre position sur le quai des ponts à charbons, derrière les Bagnes flottants 3 et 4. Ce piquet surveille sévèrement ces bagnes.

9° Par la chaîne de Castigneau : Ce poste échelonne trois sentinelles sur le quai du canal devant les charbons jusqu'au parc aux ancres. Il détache sous les ordres d'un caporal un piquet de quatre hommes qui va prendre position sur le quai des ponts à charbons derrière les Bagnes flottants ; ce piquet se joint à celui de la porte Ouest, dont il est question au paragraphe précédent.

10° Par le poste en bois : Ce poste double le nombre des sentinelles autour des charbons.

11° Par la Patache : la première devant la consigne ; les deuxième, troisième et quatrième échelonnées le long du mur du bureau des armements et de l'Arsenal.

12° En outre, les postes fournissent des patrouilles, qui parcourent et visitent l'emplacement occupé par leurs sentinelles. Ces patrouilles fouillent tous les recoins où des malfaiteurs pourraient se cacher.

Les patrouilles du poste du Bagne ne sont composées en tout que du quart au plus du personnel sous les armes. Les postes voisins du Bagne se tiennent toujours disposés à prêter main-forte au poste du Bagne.

Art. 54.

1. Dès que le poste de la porte du Centre a connaissance d'un incendie dans l'Arsenal, il en prévient l'officier commandant le Mourillon, le poste n° 2, les postes de pompiers et la caserne des Chiourmes placée à la Buanderie. *(marginal: Postes militaires du Mourillon.)*

2. La garde des deux postes militaires prend les armes et les sentinelles redoublent de vigilance. Si c'est pendant la nuit, les gardiens des quatre issues sont immédiatement prévenus par les soins des chefs de postes. Les pompiers se tiennent en éveil. Les gardes chiourmes casernés à la Buanderie se rendent en armes sur le quai du canal du Mourillon derrière le Bagne n° 2.

Art. 55.

S'il y avait lieu de déplacer les hommes détenus à la prison Gervais, le poste de la Coupure de l'artillerie serait requis de fournir un détachement suffisant, commandé par un sergent, pour escorter les prisonniers jusqu'au poste du vaisseau Amiral, qui les prendrait alors sous sa surveillance. *(marginal: Prison de Gervais.)*

Art. 56.

1. Si l'incendie se déclare pendant les heures de travail, tous les condamnés sont ramenés au Bagne, dès le premier avis. Aucune des personnes attachées au service des chiourmes ne peut-être détournée de son service, sous aucun prétexte. *(marginal: Condamnés.)*

2. Si c'est pendant la nuit ou pendant les heures de repos, les condamnés sont retenus au Bagne et rigoureusement surveillés. Les agents de surveillance prennent les armes et sont répartis suivant les besoins du service dans l'intérieur du Bagne.

3. Les Bagnes flottants de Castigneau sont surveillés par un piquet de douze hommes commandé par un sergent et par des embarcations de la Division commandées par des premiers-maîtres ou maîtres. Celui du Mourillon est surveillé par le piquet dont il est question au paragraphe 1. de l'article 40 et une embarcation de la Division.

CHAPITRE IX.

Mesures d'ordre général.

Art. 57.

Au premier avis ou au signal d'alarme, un officier de chaque direction se rend dans les bureaux de sa direction. Il est désigné d'avance à cet effet. *(marginal: Officiers des directions.)*

4

ART. 58.

Garde-magasin général.
Garde-magasin.
Agents administratifs

Le garde magasin général, les gardes magasins et leurs agents, les agents administratifs et leurs agents se rendent à portée de leurs magasins et bureaux respectifs.

ART. 59.

Dépots d'outils d'incendie.

Les dépôts d'outils et ustensiles restent ouverts; les objets nécessaires pour arrêter l'incendie sont délivrés par les pompiers dépositaires, qui tiennent note, autant que possible, de la demande, avec les noms des officiers, sous-officiers et maîtres qui font cette demande.

ART. 60.

Déplacement d'effets, munitions, etc.

S'il y a lieu de déplacer et transporter d'un magasin ou d'un bureau à un autre des munitions, des papiers ou effets appartenant à l'État, chaque chef de service fait opérer le déplacement ou la translation après avoir pris les ordres du Préfet maritime.

ART 61.

Retraite.

1. Lorsque l'incendie est éteint, sur l'ordre du Préfet maritime, les tambours battent la retraite.

2. A la retraite, les troupes en travailleurs évacuent l'Arsenal sans autre ordre ou avis; les ouvriers, s'il y a lieu, se retirent également ou retournent à leurs travaux. Les détachements armés et ceux envoyés pour doubler les postes ne peuvent rentrer dans leurs casernes que sur l'ordre du Major-général.

ART. 62.

Ronde de l'aide-major de service.

Dès que l'ordre a été donné de faire rentrer les détachements armés, l'Aide-major de service fait une ronde dans l'Arsenal. Après cette ronde, on ne peut circuler dans l'Arsenal sans les mots d'ordre et de ralliement.

INCENDIE.

TITRE DEUXIÈME.

INCENDIE AU MOURILLON.

MOURILLON.

CHAPITRE X.

DISPOSITIONS PERMANENTES.

Personnel.

Art. 63.

Depuis 8 heures du matin jusqu'au coup de canon de retraite, un Sous-directeur des mouvements du port, et, en son absence, un officier de service de cette direction commande le Mourillon.

Responsabilité du commandant du Mourillon en cas d'incendie.

Depuis le coup de canon de retraite jusqu'à 8 heures du matin, ce commandement est exercé par l'officier de vaisseau qui commande en même temps les postes militaires.

C'est à l'officier commandant qu'il appartient de prendre les premières mesures contre l'incendie.

Art. 64.

Le chef de corps de l'infanterie de marine désigne chaque semaine un capitaine chargé de prendre, en cas d'incendie, le commandement du poste de la porte Nord.

Capitaine chargé de prendre le commandement du poste n° 2 en cas d'incendie.

Cet officier ne peut, en dehors des heures de service, s'écarter du Mourillon.

Art. 65.

Un sergent, deux caporaux et 12 pompiers veillent nuit et jour dans deux postes, où ils sont ainsi répartis :

Postes de pompiers

	Sergent.	Caporaux	Pompiers
Poste n° 1	1	1	8
Poste n° 2	»	1	4

Matériel.

Art. 66.

Canots des corps organisés séjournant au Mourillon.

Les embarcations, que les corps organisés possèdent au Mourillon, peuvent, de nuit comme de jour, être requises, avec ou sans leurs équipages, pour porter en ville, en rade ou dans l'arsenal, la nouvelle d'un incendie qui se déclare au Mourillon. Ces corps organisés doivent, tous les soirs à l'appel, s'assurer de la présence à la caserne de deux armements d'embarcations légères.

Art. 67.

Pompes, bateaux-pompes et outils autres,

Le matériel suivant est déposé dans les postes de pompiers ci-dessous désignés :

	Pompes.	Bateaux-Pompes.	Outils.
Poste n° 1. . . .	6	»	1
Poste n° 2. . . .	2	3	»

Convention de signaux.

Art. 68.

Signal de nuit indiquant l'incendie au Mourillon.

1. Le signal de nuit indiquant l'incendie au Mourillon est fait à l'extrémité Ouest du quai du canal : il consiste en 2 feux de bengale brûlés successivement, et 2 boîtes tirées à deux minutes d'intervalle.

2. Il est répété quelques minutes après et plusieurs fois, si c'est nécessaire, jusqu'à ce que l'Amiral du port ait répondu par un fanal hissé en tête du mat. L'Amiral du port conserve ce fanal, jusqu'à ce que le poste de la Patache ait répondu en agitant un feu au haut de l'échelle ; mais afin d'éviter toute perte de temps, le chef du poste de l'Amiral expédie sur le champ un canot pour prévenir la Patache.

3. Ce signal est inscrit sur la feuille bi-mensuelle des mots d'ordre transmise au commandant de la rade et au commandant en chef de l'escadre.

Art. 69.

Signal général d'alarme.

Dans le cas d'un incendie au Mourillon, le signal général d'alarme peut être fait comme pour l'incendie dans l'arsenal sur l'ordre du Préfet maritime ou du Major-général, ou sur la réquisition de l'officier qui dirige les travaux d'incendie au Mourillon.

Dans ce cas, si elles ne le sont déjà, les cloches du Mourillon sont mises en branle dès que l'ordre de faire le signal d'alarme est donné.

CHAPITRE XI.

Dispositions au moment de l'incendie.

Art. 70.

Au Mourillon, comme dans l'arsenal, toute personne, qui aperçoit un incendie, doit avertir la sentinelle la plus voisine et le poste de pompiers le plus rapproché.

Devoir de toute personne qui aperçoit un incendie.

Art. 71.

La sentinelle qui la première aperçoit un incendie, ou qui en est avertie, donne l'alarme en criant « au feu ! » : ce cri est répété de sentinelle en sentinelle jusqu'au poste le plus rapproché.

Sentinelles.

Art. 72.

Le chef de ce poste expédie sur le champ deux ordonnances prévenir, en désignant le lieu de l'incendie :

La 1re, l'officier de vaisseau qui commande au Mourillon, et le chef du deuxième poste militaire ;

La 2e, les deux postes de pompiers.

Chef de poste qui a le premier connaissance du feu.

Art. 73.

1. Dès qu'il est prévenu, l'officier commandant expédie sur le champ le sergent pompier pour reconnaître le feu et lui en faire rendre compte. En même temps, le jour comme la nuit, il requiert deux embarcations parmi celles qui séjournent au Mourillon, et si c'est pendant la nuit, il envoie son planton avec la caisse aux artifices au bout du quai du canal : celui-ci se tient prêt, et attend un ordre postérieur pour faire le signal d'incendie.

2. Sur le rapport envoyé par le sergent pompier, l'officier commandant expédie les deux embarcations pour prévenir le chef du poste de la Patache et le commandant de la rade ; en outre, pendant la nuit, il envoie l'ordre de faire le signal d'incendie.

Officier commandant le Mourillon.

3. Il fait prévenir le Sous-directeur et les officiers de la Direction des mouvements du port attachés au Mourillon, si ces officiers ne sont pas sur les lieux.

Art. 74.

Chef de poste de la porte du Centre. (Poste n° 1).

Le chef du poste n° 1, dès qu'il est averti, envoie des ordonnances prévenir : la 1re les casernes d'infanterie et d'artillerie de marine qui avertissent les chefs de corps, la brigade de gendarmerie maritime casernée au Mourillon, et le capitaine d'infanterie de marine désigné pour prendre le commandement du poste de la porte nord ; la 2e la caserne des gardes située à la Buanderie.

Art. 75.

Chefs des postes de la porte du centre (poste n° 1), et de la porte nord (poste n° 2.)

1. Les chefs des postes n° 1 et n° 2 font prendre les armes à leur garde et font prévenir les gardiens des issues gardées par leurs sentinelles.

De jour comme de nuit, ils tiennent les portes du Mourillon fermées et ne les ouvrent que pour laisser entrer :

1° Les officiers militaires et civils ou fonctionnaires en uniforme ;

2° Les secours des corps organisés conduits par leurs chefs ;

3° Les pompiers ;

4° Les gabiers de port et le personnel ouvrier munis de marrons spéciaux d'incendie. Si pourtant certains hommes de cette catégorie se présentaient sans leur marron, le chef de poste les ferait reconnaître par les gardiens et gendarmes et les laisserait entrer ;

5° Les détachements d'ouvriers stationnés au dehors à mesure qu'ils sont requis et conduits par des officiers.

2. Dans le cas où le signal d'alarme est fait pendant l'heure du dîner, dans la saison où les ouvriers sortent de l'Arsenal pour prendre ce repas, les portes sont immédiatement ouvertes pour laisser entrer les ouvriers comme à la reprise du travail ; les gardiens exercent la plus grande surveillance pour ne laisser entrer aucun étranger au service du Mourillon. Aussitôt que les ouvriers sont entrés, les portes sont refermées comme il est dit ci-dessus.

3. Les issues de mer sont ouvertes pour donner passage aux secours venant de la rade ou de l'arsenal.

Art. 76.

Chef du poste de la Patache.

Dès que le chef du poste de la Patache est prévenu d'un incendie au Mourillon, il expédie trois ordonnances :

La 1ʳᵉ au Préfet maritime ; cette ordonnance prévient en passant le chef du poste de la porte principale de l'arsenal et le concierge de la majorité ;

Elle prévient ensuite : 1° la caserne de la gendarmerie maritime qui avertit son chef ; 2° la caserne des ouvriers d'artillerie qui avertit son capitaine ; 3° le Général commandant la subdivision et le commandant de Place.

La 2e prévient le Directeur des mouvements du port et le capitaine des pompiers.

La 3e reçoit du chef de poste les mots d'ordre, s'embarque dans le canot disposé à cet effet, et va prévenir le quartier des équipages de la flotte.

Art. 77.

Aussitôt qu'il est prévenu, le chef du poste de la porte de l'Arsenal fait informer l'officier de service à la Direction des mouvements du port, qui fait immédiatement avertir le Directeur des mouvements du port, le capitaine des pompiers, le dépôt central des pompes, tous les bâtiments dans le port, et, si c'est pendant les heures de travail, le bureau central de chaque direction.

Chef du poste de la porte principale de l'arsenal.

Art. 78.

Aussitôt qu'il est prévenu, le concierge de la Majorité dépêche le ou les plantons de garde :

1° Au Major général ;

2° Au Major et autres officiers de la Majorité ;

3° Au commandant de la division :

4° A tous les chefs de service ;

5° A tous les officiers d'incendie.

Concierge et plantons de la majorité.

Art. 79.

Le devoir des chefs de service, dès qu'ils sont prévenus, est de faire avertir ceux des officiers ou employés sous leurs ordres, dont ils jugent la présence nécessaire sur le lieu de l'incendie.

Devoir des chefs de service.

Art. 80.

1. Dès qu'il a informé l'officier de service de la Direction des mouvements du port, le chef du poste de la porte de l'Arsenal, fait connaître l'évènement à tous les postes de l'Arsenal principal et de Castigneau, qui se tiennent en alerte sous les armes ;

Chefs des postes de l'arsenal.

5

2. Les gardiens des issues qui couchent dans l'Arsenal sont prévenus par les chefs de poste de ces issues ;

3. Le chef du poste du Bagne prévient l'adjudant de service des chiourmes ;

4. Les postes voisins du poste du Bagne se tiennent en mesure de lui prêter main forte ;

5. Les postes de la chaîne de Castigneau et de la porte ouest envoient la moitié de leur garde sur le quai au charbon, derrière les bagnes flottants, pour surveiller ces bagnes.

Art. 81.

Issues de terre ou de mer de l'arsenal.

Les issues de l'Arsenal principal et de Castigneau, si c'est pendant la nuit, restent fermées. Elles ne sont ouvertes que pour l'entrée des officiers en uniforme, la sortie des porteurs d'ordres, l'entrée et la sortie des pompiers, et la sortie des secours que le Major de la marine expédie sur le lieu de l'incendie.

Les gardiens exercent leur surveillance.

Art. 82.

Canotiers du Préfet maritime et du major général.

Les patrons du Préfet maritime et du Major général, arment avec leurs canotiers un canot du Préfet et deux canots de la Majorité, qui se rendent à la consigne pour transporter au Mourillon le Préfet, le Major général et les officiers qui l'accompagnent.

CHAPITRE XII.

Direction des travaux sur le lieu de l'incendie.

Art. 83.

Commandant du Mourillon. Directeur des mouvements du port. Capitaine des pompiers.

1. De jour comme de nuit, quel que soit dans l'enceinte du Mourillon, le point où l'incendie se déclare, le commandant du Mourillon, après avoir donné les ordres prescrits par le chapitre précédent, se rend au feu, et dirige les premiers travaux pour le combattre.

2. Il garde cette direction jusqu'à l'arrivée du capitaine des pompiers, qui la conserve jusqu'à ce que le Directeur des mouvements du port soit présent sur les lieux.

3. A partir de ce moment, dans toutes les circonstances, le Directeur des

mouvements du port, sous l'autorité du Préfet maritime, ou celle du Major général, si le Préfet n'est pas sur les lieux, dirige tous les travaux pour combattre l'incendie.

Chacun est tenu d'obtempérer aux ordres qu'il donne. Les demandes de secours au Major général sont adressées par le Préfet maritime ou en son nom.

ART. 84.

Le chef de service dont l'établissement ou le bâtiment est atteint, tant que dure l'incendie, doit ses conseils et son concours au Directeur des mouvement du port.

Chef de service dont l'établissement brûle.

ART. 85.

1. Les officiers militaires et civils de chaque service veillent à ce que le silence et le calme soient strictement observés et maintenus durant l'incendie, afin que les ordres soient clairement entendus, parfaitement compris et qu'ils soient exécutés avec promptitude et ensemble.

Officiers militaires et civils sur le lieu de l'incendie.

2. Personne ne doit donner des ordres, à moins que la position que le présent réglement lui assigne ne l'y autorise.

ART. 86.

1. Le Directeur des mouvements du port et le capitaine de la compagnie des pompiers, qui aux termes du présent réglement sont chargés de diriger les travaux de l'incendie, doivent avoir une connaissance exacte de toutes les localités du Mourillon et trouver dans tous les services toutes les facilités pour arriver à ce résultat.

Le Directeur des mouvements du port et le Capitaine des pompiers doivent avoir une connaissance exacte des lieux ainsi que les pompiers.

2. Les pompiers dans l'exercice de leurs fonctions de garde-feux doivent aussi se familiariser le plus possible avec une bonne connaissance des lieux.

CHAPITRE XIII.

Secours immédiats et secours intérieurs.

1° SECOURS IMMÉDIATS.

ART. 87.

Pendant le jour comme pendant la nuit, dès qu'ils ont connaissance de l'incendie, les postes de pompiers du Mourillon expédient au feu tout leur personnel, moins un homme qui reste à la garde du poste pour la délivrance

Pompiers.

des pompes et outils, et qui rallie l'incendie quand il n'y a plus rien à délivrer. Les pompiers partent avec les pompes qu'ils peuvent traîner.

Art. 88.

Postes militaires. De jour comme de nuit, dès qu'ils sont prévenus, les deux postes militaires dirigent sur le lieu de l'incendie le tiers de leur effectif. Ce détachement agit pour éteindre le feu après avoir déposé ses armes en faisceaux, et reprend ses armes à l'arrivée des secours ; il sert alors à maintenir l'ordre ou rejoint son poste suivant l'ordre qui lui est donné.

Art. 89.

Ouvriers, journaliers et autres présents sur le lieu de l'incendie au moment où il se déclare. Pendant le jour, durant les heures de travail ou de repos dans l'intérieur de l'Arsenal, les premiers secours outre ceux précités, sont portés par les ouvriers, journaliers ou autres, employés sur le lieu de l'incendie, ou autour de ce lieu.

2° SECOURS INTÉRIEURS.

Art. 90.

Cloche du Mourillon en branle ; les Ouvriers se rangent dans leurs ateliers et attendent. 1. Si l'incendie éclate pendant les heures de travail, le commandant du Mourillon, s'il le juge nécessaire, fait sonner en branle la cloche du Mourillon. A ce signal, les ouvriers du Mourillon qui ne sont pas encore au feu, quittent l'ouvrage et se réunissent dans leurs ateliers, où ils se tiennent prêts à marcher sous les ordres de leurs maîtres et contre-maîtres dès qu'ils sont appelés.

2. Ce secours est requis directement par le commandant du Mourillon ou par celui qui dirige les travaux d'incendie.

3° SIGNAL D'ALARME.

Art. 91.

Commandant du Mourillon ou Officier dirigeant les travaux d'incendie. 1. Enfin, de jour comme de nuit, si le commandant du Mourillon ou l'officier dirigeant les travaux d'incendie juge qu'il est urgent de réunir sans délai les secours les plus énergiques, il requiert le chef du poste de l'Amiral de donner le signal d'alarme. La cloche de l'Arsenal est mise en branle en même temps. Mais si la circonstance ne paraît pas comporter cette mesure extrême, le commandant du Mourillon attend les ordres du Préfet maritime ou du Major général pour faire faire ce signal.

2. Jusqu'à l'arrivée sur le lieu de l'incendie de l'une ou de l'autre de ces deux autorités, le signal d'alarme, pendant le jour comme pendant la nuit, est dans les mains de celui qui dirige les travaux contre l'incendie.

3. Le signal d'alarme prévient tout le monde ; ceux qui l'entendent se tiennent pour avertis, et chacun se conforme, en ce qui le concerne aux prescriptions du présent réglement.

CHAPITRE XIV.

Secours extérieurs.

1° CORPS ORGANISÉS
Art. 92.

1. Le jour, dès qu'il est prévenu, la nuit dès qu'il entend le signal d'incendie au Mourillon, et en tout cas dès qu'il voit l'incendie, le commandant de la rade signale aux bâtiments sous ses ordres d'envoyer au Mourillon leurs pompes à incendie, seaux, etc., ainsi que tous les secours en hommes et embarcations dont ils peuvent disposer. *(Bâtiments en rade.)*

2. Les navires sur rade qui aperçoivent l'incendie, ou entendent le signal fait au Mourillon avant de voir le signal du commandant de la rade, s'empressent d'envoyer leurs secours à terre ; avis est donné au commandant de la rade.

3. Le chef de corvée muni des mots des postes extérieurs se dirige sur le canal du Mourillon : le gardien de cette issue le laisse entrer. Les secours sont débarqués sur le quai et se dirigent sur le lieu de l'incendie. Les embarcations se retirent sur les pannes avec leurs patrons et brigadiers.

Art. 93.

Dès qu'ils sont prévenus de l'incendie au Mourillon, ou au signal d'alarme, si c'est pendant les heures de travail les bâtiments dans le port préparent leurs secours en hommes et pompes et attendent des ordres ; si c'est pendant la nuit, ou en dehors des heures de travail, les dimanches et jours fériés, ils envoient immédiatement la moitié de leur monde, sous la conduite d'officiers ou de sous-officiers, aux ordres de la Direction des mouvements du port sur la place de l'Horloge. *(Bâtiments dans le Port.)*

Art. 94.

Dès qu'il est prévenu, ou au signal d'alarme, le commandant de cette *(Compagnie d'Ouvriers d'artillerie.)*

compagnie conduit immédiatement ses hommes sans armes et en travailleurs au Mourillon, et se porte sur le lieu de l'incendie.

ART. 95.

Artillerie de marine. 1. Le chef de corps, dès qu'il est prévenu, envoie sur-le-champ 100 hommes en travailleurs sur le lieu de l'incendie.

2. La réserve organisée, comme il est dit au § 2 de l'art. 38, attend pour marcher des ordres ultérieurs ou le signal d'alarme. Si elle marche, elle se rend devant les bureaux de la Sous-Direction des mouvements du port du Mourillon.

ART. 96.

Division des équipages de la Flotte. 1. Si le signal d'incendie est entendu au quartier des équipages de la flotte, il sert d'avertissement pour l'envoi des secours.

2. Dès qu'il est prévenu, le commandant de la division expédie sur-le-champ le 1er secours de 200 travailleurs avec 2 pompes et 6 embarcations armées à 12 hommes et commandées par des 1ers maîtres ou maîtres. Les travailleurs et les pompes sont dirigés sur le lieu de l'incendie.

3. Trois des embarcations restent sur leurs avirons en dedans des pannes et à portée de recevoir des ordres; deux se dirigent vers Castigneau pour y surveiller les bagnes flottants, n° 3 et 4, placés aux ponts à charbon; la dernière surveille le bagne flottant, n° 2, du Mourillon.

4. La réserve attend pour marcher des ordres ultérieurs ou le signal d'alarme. Si elle marche elle se rend sur la place en face de la Sous-Direction des mouvements du port du Mourillon.

ART. 97.

Infanterie de marine. 1. Le chef de corps, dès qu'il est prévenu, expédie sur-le-champ :

1° 200 travailleurs qui se rendent sur le lieu de l'incendie ;

2° Le nombre de sous-officiers et soldats armés nécessaires pour doubler les deux postes du Mourillon ;

3° 15 hommes armés, commandés par un officier pour s'établir comme garde, à l'extrémité ouest du quai du canal : cette garde est chargée de la police de ce quai et de veiller sur le bagne flottant ;

4° 10 hommes armés commandés par un sergent pour s'établir comme garde à l'entrée de la darse sud du Mourillon. Cette garde est chargée d'interdire l'entrée de la darse à toute embarcation qui ne serait pas appelée par le service, de prêter main-forte au gardien de cette issue, et de veiller sur cette partie du Mourillon.

5° Enfin, deux détachements de 50 hommes armés, commandés par leurs officiers, pour garder au-dehors la porte nord et la porte du centre en même temps que les abords de la caserne. Ces deux détachements fournissent chacun une patrouille qui parcourt continuellement dans toute sa longueur l'enceinte extérieure du Mourillon.

2. La réserve organisée comme il est dit à l'art. 57, chap. VI, attend pour marcher, des ordres ultérieurs ou le signal d'alarme.

Art. 98.

Les 1ers secours en arrivant sur le lieu de l'incendie et les réserves en arrivant au rendez-vous, préviennent le Major général à son quartier général. Les 1ers secours, en outre, préviennent immédiatement le Directeur des mouvements du port ou celui qui, en son absence, dirige les travaux contre l'incendie.

Arrivée des secours sur le lieu de l'incendie ou au rendez-vous des réserves

Art 99.

1. Des dispositions conformes aux principes de l'article 41, chapitre VI et concertées avec le général commandant le département sont observées par le commandant de la Place et par les chefs de corps.

Troupes de la garnison.

2. Le 1er secours se rend sur le lieu de l'incendie et la réserve sur la place devant les bureaux de la Sous-Direction du port en face des cales couvertes.

2e CORPS NON ORGANISÉS.

Art. 100.

1. Si l'incendie se déclare au Mourillon pendant les heures de travail, la Direction des mouvements du port y expédie sur-le-champ tous les pompiers disponibles qui ne sont pas de garde ; en outre, si le signal d'alarme se fait entendre, les pompiers garde-feux éteignent les feux qu'ils sont chargés de veiller, et rallient immédiatement le grand dépôt d'où ils sont expédiés au Mourillon le plus promptement possible. Les pompiers emmènent toujours avec eux les pompes qu'ils peuvent enlever.

Pompiers, personnel ouvrier de l'Arsenal principal et de Castigneau.

2. Le 1er secours des corps non organisés, c'est-à-dire, les gabiers de port et les charpentiers d'incendie sont expédiés immédiatement au Mourillon, sous les ordres de leurs chefs ; ils sont conduits soit par mer, soit par terre.

3. La réserve, composée de tous les ouvriers de toutes les directions, aussitôt que ces directions sont prévenues, se range dans les ateliers, comme dans le cas de l'incendie dans l'Arsenal, s'y tient prête à marcher et attend des ordres, même dans le cas où le signal d'alarme se fait entendre.

Art. 101.

Pompiers, personnel ouvrier, etc.

1. Si l'incendie se déclare pendant l'heure du dîner, dans la saison où ce repas est pris hors des arsenaux, les pompiers, qui ne sont pas de garde dans l'Arsenal, dès qu'ils ont connaissance de l'incendie ou qu'ils entendent le signal d'alarme, accourent au grand dépôt, y prennent leurs pompes et se rendent au Mourillon.

2. Le premier secours (gabiers de port et charpentiers d'incendie) se rend directement au Mourillon, s'y fait reconnaître au moyen de ses marrons et se porte au feu.

3. La réserve entre dans l'Arsenal, se rend dans les ateliers et y attend des ordres comme il est dit ci-dessus § 3 de l'article 100.

Art. 102.

Personnel ouvrier de l'Arsenal principal, de Castigneau et du Mourillon.

1. Enfin, si l'incendie éclate pendant la nuit, en dehors des heures de travail, les dimanches ou jours fériés, les pompiers et le 1er secours dès qu'ils ont connaissance du feu ou qu'ils entendent le signal d'alarme, agissent comme il est dit aux § 1 et 2 de l'article 101.

2. La réserve se dirige vers le Mourillon et se groupe par atelier, sous les ordres des maîtres et contre-maîtres, sur le boulevard qui longe l'enceinte de cet arsenal. La droite des colonnes d'ouvriers s'appuie à la porte du centre, et la gauche s'étend vers le nord-est, suivant l'ordre prescrit par le rôle annexe des directions. Là les ouvriers attendent les officiers qui viennent requérir leur secours. Ils évitent tout tumulte et tout désordre, et s'ils sont appelés dans le Mourillon, ils doivent observer l'ordre et le silence; il leur est interdit de se séparer des groupes auxquels ils appartiennent et de circuler hors des points où ils sont envoyés, sous peine d'être arrêtés par les patrouilles.

CHAPITRE XV.

Direction des secours.

Art. 103.

1. Le Major général sous les ordres du Préfet maritime commande tous

les secours, c'est lui qui les dirige vers le lieu de l'incendie au fur à et mesure qu'ils entrent au Mourillon. Son quartier général est sur la place devant le bureau de la Sous-Direction des mouvements du port en face des cales couvertes ; c'est là que les officiers commandant les 1ers secours envoient prévenir le Major général de leur arrivée, et que se rendent les réserves des corps organisés. A proximité, se trouve sur le boulevard extérieur le rendez-vous de la réserve des corps non organisés. En arrivant à son poste le Major général fait connaître sa présence au Préfet et dispose tout pour la prompte exécution de ses ordres.

2. Si, en arrivant au Mourillon, le Major général apprend que le Préfet n'est pas sur le lieu de l'incendie, il s'y rend lui-même et se fait représenter à son quartier général par un aide-major : celui-ci, au nom du Major général et conformément à ses ordres, expédie les secours vers le lieu de l'incendie à mesure qu'ils arrivent ou qu'ils sont demandés.

3. Le Major général exerce la plus active surveillance sur la garde intérieure du Mourillon et sur celle des portes à l'extérieur : il maintient l'ordre sur le boulevard où se trouvent réunis les ouvriers formant la réserve. Il s'assure des dispositions prises autour du bagne flottant. Les chefs de poste lui rendent compte de tout ce qui peut survenir. Enfin, il pourvoit à l'imprévu dans le ressort de son action et en informe sur-le-champ le Préfet maritime.

Art. 104.

Les autres chefs de service se rendent sur le lieu de l'incendie auprès du Préfet maritime.

Chefs de service.

Art. 105.

Les chefs de corps, après avoir mis en mouvement les 1ers secours et organisé les réserves se rendent auprès du Major général pour recevoir ses ordres. Ils sont accompagnés d'un officier, d'un 1er maître ou adjudant-sous-officier et de deux ordonnances.

Chefs de corps.

Art. 106.

1. De jour comme de nuit, le Major de la marine se porte de sa personne dans l'Arsenal principal sur la place de l'Horloge, laissant à la Majorité l'aide-major et le sous-aide-major de service. Il est accompagné du sous-aide-major de corvée et de 2 plantons. C'est là qu'il reçoit les ordres du

Major, Aides-Majors, Sous-Aides-Majors.

6

Préfet maritime ou du Major général ; il requiert au besoin une embarcation de la Direction des mouvements du port pour ses communications. Le Major de la marine au nom du Major général et de sa propre initiative, sauf à en rendre compte, prescrit et fait exécuter dans l'Arsenal les mesures d'ordre et de sûreté que réclament les circonstances ; il fait rentrer les condamnés ; il requiert du commandant de la Place un détachement armé pour doubler tout ou partie des postes, notamment les postes du Bagne, ceux de la Chaîne et de la porte Ouest de Castigneau. Le jour, il requiert de la direction d'artillerie un détachement d'ouvriers d'artillerie pour le service des pièces de la Chaîne-Neuve, du Pont-Tournant et du Quai du grand rang ; il transmet aux directions, s'il y a lieu, les ordres du Préfet maritime relatifs à l'envoi des secours ; enfin, il représente dans l'Arsenal le major général.

2. L'aide major et les sous-aides majors qui ne sont pas de service se rendent au Mourillon auprès du major général ; si celui-ci juge utile de se transporter sur le lieu de l'incendie, il laisse au quartier général l'aide-major comme il est dit au § 2 de l'art. 103.

Art. 107.

Officiers d'incendie. — Au premier avis d'un incendie au Mourillon, ou au signal d'alarme, les officiers désignés pour commander les postes de l'Arsenal et du Mourillon, se rendent à leurs postes.

Art. 108.

Officiers de vaisseau à terre — Au premier avis d'un incendie au Mourillon ou au signal d'alarme, les officiers de vaisseau à terre viennent se ranger sous les ordres du Major général devant les bureaux de la sous-direction des mouvements du port.

Art. 109.

Officiers militaires et civils attachés aux divers services du port. — Les officiers militaires et civils attachés aux divers services du Port se rendent aux postes que leur assignent les dispositions particulières arrêtées par leurs chefs de service et approuvées par le Préfet.

Art. 110.

Officiers des bâtiments dans le port. — Au signal d'alarme ou dès qu'ils sont prévenus d'un incendie au Mourillon, les officiers des bâtiments dans le Port se rendent à leur bord et se tiennent prêts à exécuter les ordres qu'ils recevront.

CHAPITRE XVI.
Surveillance et sûreté pendant l'incendie.

ART. 111.

1. Pendant la nuit, dès qu'il est prévenu, le maréchal des logis qui commande la brigade casernée au Mourillon, détache un gendarme à chaque issue et reste lui-même à la porte du Centre.

Gendarmerie maritime.

2. Si l'incendie se déclare pendant les heures de travail, les gendarmes placés aux issues du Mourillon et de l'Arsenal ne quittent point leurs postes ; pourtant la Porte Principale et la Porte de Castigneau ne conservent qu'une seule brigade.

3. Au premier avis, le commandant de la compagnie se rend sans délai avec le reste de sa troupe en armes sur le lieu de l'incendie.

4. Si l'incendie éclate pendant la nuit, les dimanches ou jours fériés, le commandant de gendarmerie se rend immédiatement au Mourillon avec toute sa compagnie en armes. Il détache :

1° Une demi-brigade à la Porte Principale de l'Arsenal ;

2° Une brigade en dedans de la porte Nord du Mourillon ;

3° Une brigade en dedans de la porte du Centre ; si le signal d'alarme se fait entendre, cette brigade est doublée et les deux se tiennent en dehors de la porte pour maintenir l'ordre parmi les ouvriers qui se réunissent sur le boulevard ;

4° Une demi-brigade à l'extrémité du quai du canal, derrière le Bagne flottant.

5. Il porte le reste de son monde sur le lieu de l'incendie, où il fait ranger ses hommes autour des travailleurs. Il s'oppose à ce que les ouvriers et les travailleurs se répandent dans les parties du Mourillon non menacées par le feu.

6. Dès qu'il a pris position, il détache un officier ou un sous-officier auprès du Major général pour lui rendre compte et prendre ses ordres.

7. Quand l'incendie est éteint, la gendarmerie se forme en patrouilles pour faire des rondes dans toutes les parties du Mourillon. Pendant la nuit, elle fait évacuer le Mourillon n'y laissant que les sentinelles et le personnel ordinaire du service de nuit.

8. Quand tout est rentré dans l'ordre, le commandant de la gendarmerie

rend compte au Major général et prend ses ordres pour la rentrée des gendarmes.

ART. 112.

Postes militaires.

1. Dès que les postes sont doublés, les chefs de postes font placer de nouvelles sentinelles intermédiaires à celles qui existent tout le long de l'enceinte du Mourillon.

2. En outre, les postes fournissent des patrouilles, qui parcourent et visitent l'emplacement occupé par leurs sentinelles. Les patrouilles fouillent tous les recoins où des malfaiteurs pourraient se cacher. Les deux postes supplémentaires n'étendent leurs patrouilles qu'autour d'eux.

3. Si par suite de lancements faits ou à faire des ouvertures sont pratiquées à l'enceinte du côté de la mer, les sentinelles qui s'y trouvent sont doublées par le poste qui les a fournies.

ART. 113.

Rondes extérieures.

Les détachements armés, qui gardent les portes au dehors, fournissent des patrouilles qui circulent constamment le long de l'enceinte du Mourillon à l'extérieur : celles de la porte Nord viennent jusqu'à la porte du Centre, et celles de la porte du Centre vont jusqu'à l'extrémité sud de l'enceinte.

ART. 114.

Gardes casernés à la buanderie.

Dès qu'ils sont prévenus, ces gardes se portent immédiatement avec leurs armes chargées à l'extrémité du quai du canal près de l'embarcadère du Bagne flottant n° 2.

ART. 115.

Condamnés.

Si l'incendie se déclare pendant les heures de travail, les condamnés sont immédiatement ramenés à leur caserne flottante au premier avis. Le Bagne est surveillé par le poste supplémentaire placé au bout du quai, par une embarcation de la division et par les gardes dont il est fait mention à l'article ci-dessus.

CHAPITRE XVII.
Mesures d'ordre général.

ART. 116.

Officiers des directions.

Au premier avis ou au signal d'alarme un officier de chaque direction se rend dans les bureaux de sa direction. Il est désigné d'avance à cet effet.

Art. 117.

Le garde-magasin général, les gardes-magasins et leurs agents, les agents administratifs et leurs agents, se rendent à portée de leurs magasins et bureaux respectifs.

Garde magasin général Garde magasin agents administratifs.

Art. 118.

Les dépôts d'outils et ustensiles restent ouverts ; les objets nécessaires pour arrêter l'incendie sont délivrés par les pompiers dépositaires, qui tiennent note autant que possible de la demande avec les noms des officiers , sous-officiers, et maîtres qui font cette demande.

Dépôts d'outils d'incendie.

Art. 119.

S'il y a lieu de déplacer et transporter d'un magasin ou d'un bureau à un autre des munitions, des papiers ou effets appartenant à l'Etat, chaque chef de service fait opérer le déplacement ou la translation , après avoir pris les ordres du Préfet maritime.

Déplacement d'effets, munitions, etc.

Art. 120.

1. Lorsque l'incendie est éteint, sur l'ordre du Préfet maritime, les tambours battent la retraite.

2. A la retraite, les troupes en travailleurs évacuent le Mourillon sans autre ordre ou avis ; les ouvriers, s'il y a lieu, se retirent également ou retournent à leurs travaux, Les détachements armés et ceux envoyés pour doubler les postes ne peuvent rentrer dans leur caserne que sur l'ordre du Major-général.

Retraite.

Art. 121.

Dès que l'ordre a été donné de faire rentrer les détachements armés, l'aide-major fait une ronde dans le Mourillon.

Ronde de l'aide-major.

INCENDIE.

TITRE TROISIÈME.

INCENDIE AUX BAGNES.

Chapitre XVIII. — Dispositions générales.

INCENDIE AUX BAGNES.

CHAPITRE XVIII.

Dispositions générales.

ART. 122.

1. Si l'incendie se déclare dans le Bagne à terre, les prescriptions du rè-glement pour le cas de l'incendie dans l'Arsenal sont applicables. Bagne à terre.

2. Le rôle annexe particulier au Bagne énumère les dispositions à prendre à l'intérieur pour la surveillance des condamnés, et l'évacuation des salles, si elle devient nécessaire.

ART. 123.

1. De même, si l'incendie se déclare à bord du Bagne flottant n° 1, les prescriptions du titre premier sont applicables. Bagne flottant n° 1 placé au grand-rang.

2. Dans le cas d'une évacuation, les condamnés sont conduits en ordre sous la surveillance des gardes dans l'intérieur du Bagne à terre. Le rôle annexe du Bagne désigne les lieux où ils doivent être renfermés et surveillés.

ART. 124.

1. Si l'incendie se déclare à bord du Bagne flottant n° 2, lès prescriptions du titre II sont applicables. Bagne flottant n° 2. placé au Mourillon.

2. S'il y a lieu, les condamnés de ce Bagne sont évacués sur le quai du canal et conduits le plus rapidement possible à la cabane, située en face des cales couvertes, sous la surveillance de leurs gardes particuliers, de ceux arrivés de la Buanderie et du piquet d'infanterie, dont il est question au paragraphe I de l'art. 97. Là ils sont rigoureusement surveillés.

3. Les secours de la Rade, de la direction des mouvements du port et de la division des équipages, si on a de la peine à se rendre maître du feu, font tous leurs efforts pour remorquer ce bagne au large, et le mouiller dans un endroit où il ne puisse nuire.

7

Art. 125.

Bagnes n° 3 et 4
placés au quai des
charbons
à Castigneau.

1. Si l'incendie éclate aux bagnes n° 3 et 4, les prescriptions du titre Ier sont applicables.

2. S'il y a lieu d'évacuer l'un de ces Bagnes, l'autre est aussi évacué. Les condamnés sont mis à terre sur le quai des charbons dont les issues sont immédiatement gardées. La caserne des agents de surveillance, dès qu'elle est prévenue, envoit cent hommes armés sur les lieux. A l'arrivée de ceux-ci, les condamnés sont acheminés vers le Bagne à terre sous l'escorte de ces 100 hommes et des gardes des Bagnes flottants.

3. La gendarmerie arrivée sur le lieu de l'incendie, les postes de la Chaîne de Castigneau et de la porte Ouest prêtent au besoin main-forte à cette escorte, et tous les postes militaires, devant lesquels passe la colonne, en font autant sur la réquisition de l'adjudant des chiourmes qui la commande.

4. Cette colonne longe en dedans l'enceinte de Castigneau, passe par la Porte Impériale, devant le Magasin général, sur la place de l'Horloge, et entre au Bagne par le Pont-Tournant.

5. Le rôle annexe du Bagne indique les mesures intérieures à prendre dans ce cas.

6. La Rade, en apercevant l'incendie à bord d'un de ces Bagnes, y envoie ses secours, sans attendre ni ordre ni signal. Si le feu est intense, la première mesure à prendre, tout en essayant d'éteindre l'incendie, est de remorquer ce Bagne au large et de le mouiller dans un endroit où il ne puisse nuire.

7. Les secours de la direction des mouvements du port en vapeurs, embarcations ou bateaux pompes passent par la Chaîne de Castigneau. Lors de leur rentrée dans le Port, ces secours devront au passage se faire reconnaître par les gardiens.

TITRE QUATRIÈME.

INCENDIE EN VILLE.

Chapitre XIX. — Dispositions générales.

INCENDIE EN VILLE.

CHAPITRE XIX.

Dispositions générales.

ART. 126.

Un dépôt de deux pompes est établi à l'ancienne fonderie, Place de l'Intendance. Deux pompiers y veillent nuit et jour.

Dépôt de pompes à l'ancienne fonderie et poste de pompiers.

ART. 127.

Si l'incendie se déclare dans un établissement de la marine, les chefs de poste, gardiens ou plantons de cet établissement préviennent sur-le-champ la Majorité, la Porte Principale de l'Arsenal et le chef du service intéressé.

Établissement appartenant à la Marine atteint par le feu.

ART. 128.

1. La Majorité prévient :

Le Préfet maritime et le Major-général ;
Le major et les officiers de la Majorité ;
La caserne de gendarmerie maritime, qui prévient son chef ;
La caserne des équipages de la flotte, qui prévient le commandant de la division ;
Le Général commandant la subdivision ;
Le Commandant de place ;
Les Chefs de service de la marine.

2. Elle prévient aussi, mais la nuit seulement ou en dehors des heures de travail dans l'Arsenal, la caserne des ouvriers d'artillerie.

Avertissements.

ART. 129.

Le chef de poste de la Porte de l'Arsenal, dès qu'il est prévenu, informe la Direction des mouvements du port et le Grand-Dépôt des pompes.

Chef de poste à la Porte de l'Arsenal.

ART. 130.

1. Cette Direction fait prévenir sur-le-champ son Directeur et le capitaine

Direction du mouvement du Port.

des pompiers. Si c'est pendant le jour, elle prévient la Direction des constructions navales et dirige en même temps sur le lieu de l'incendie les pompiers et les gabiers de port disponibles ainsi que les pompes necessaires.

2. Si c'est pendant la nuit, la Direction des mouvements du port expédie au feu quatre pompiers et quatre pompes tirés du Grand-Dépôt.

Les pompes sont traînées par l'escouade de gabiers de service.

ART. 131.

Direction des constructions Navales. La Direction des constructions navales, avertie par la Direction des mouvements du port, expédie les charpentiers d'incendie.

ART. 132.

Direction des travaux pour combattre l'incendie. La direction des premiers travaux appartient au chef de service intéressé ou à son représentant le plus ancien présent sur le lieu, jusqu'à l'arrivée du capitaine des pompiers ou du directeur des mouvements du port, qui, dès ce moment, sous l'autorité du Préfet maritime ou du Major-général, si le Préfet n'est pas présent, donne seul des ordres pour les travaux à exécuter pendant l'incendie.

ART. 133.

Chef de service intéressé. Le chef de service dont l'établissement est atteint par le feu, doit ses conseils et son concours à celui qui dirige les travaux d'incendie.

ART. 134.

Évacuations ou transports. S'il y a des évacuations à faire, des transports de matières de papiers ou de munitions à opérer, le chef de service intéressé y procède et y veille après avoir pris les ordres du Préfet.

ART. 135.

Gendarmerie maritime. **1.** Si l'incendie éclate pendant le jour, les gendarmes de service dans l'Arsenal ne quittent point leurs postes. Les autres, sous les ordres de leur chef, se portent en armes sur le point menacé pour maintenir l'ordre.

2. Si c'est pendant la nuit, la compagnie entière en armes, sauf deux brigades, dont l'une se porte à la Porte Principale de l'Arsenal et l'autre à la Porte de Castigneau, se rend sur le lieu de l'incendie.

3. Dans les deux cas, à moins d'ordre contraire du Major-général, le commandant de la gendarmerie ne fait retirer sa troupe qu'après l'extinction du feu.

Art. 136.

Dès que la caserne des équipages de la flotte est prévenue, le commandant de la division expédie sur le lieu de l'incendie le premier secours.

Les embarcations ne marchent que si leur concours est utile.

Division des Équipages de la Flotte.

Art. 137.

Dès qu'elle est prévenue, la compagnie d'ouvriers d'artillerie est dirigée sans armes sur le lieu de l'incendie. Un détachement de dix-huit hommes, commandé par un sergent, prend les pompes du dépôt de la Fonderie et les conduit au feu.

Compagnie d'ouvriers d'artillerie.

Art. 138.

Les secours de la Place sont requis par le Préfet, ou par celui qui dirige les travaux d'incendie.

Secours fournis par la Place.

Art. 139.

Le Préfet décide s'il y a lieu d'appeler d'autres secours ; le Major général donne aux chefs de corps des ordres en conséquence.

Secours fournis par les corps ou les services de la marine non désignés ci-dessus.

Art. 140.

Lorsqu'un établissement particulier est atteint par le feu, le Directeur des mouvements du port doit, au premier avis qu'il en reçoit, prendre d'urgence les mesures qu'il croit nécessaires, en ayant soin toutefois de se rendre immédiatement auprès du Préfet maritime pour lui rendre compte des dispositions qu'il a prises.

Établissement particulier atteint par le feu.

Art 141.

Un extrait du présent règlement sera fait par chacun des services en ce qui le concerne plus particulièrement. Ces extraits seront complétés par des règlements intérieurs, approuvés par le Préfet maritime pour les Directions, et par le Major-général pour le corps de la gendarmerie maritime, de l'artillerie de marine, des équipages de la flotte et de l'infanterie de marine ; ils seront affichés partout où il sera besoin.

Toulon, le 15 septembre 1860.

Extraits du présent règlement à faire pour chaque direction. Règlements annexés.

Le Vice-Amiral Préfet maritime,

JACQUINOT.

www.ingramcontent.com/pod-product-compliance
Lightning Source LLC
Chambersburg PA
CBHW061702180626
46818CB00003B/1230